François Coppée

Le Pater

Drame en un acte

Antigonos

François Coppée

Le Pater

Drame en un acte

Réimpression inchangée de l'édition originale de 1879.

1ère édition 2024 | ISBN: 978-3-38815-999-7

Antigonos Verlag est une marque de Outlook Verlagsgesellschaft mbH.

Verlag (Éditeur): Outlook Verlag GmbH, Zeilweg 44, 60439 Frankfurt, Deutschland, info@outlook-verlag.de
Vertretungsberechtigt (Représentant autorisé): E. Roepke, Zeilweg 44, 60439 Frankfurt, Deutschland
Druck (Imprimerie): Libri Plureos GmbH, Friedensallee 273, 22763 Hamburg, Deutschland

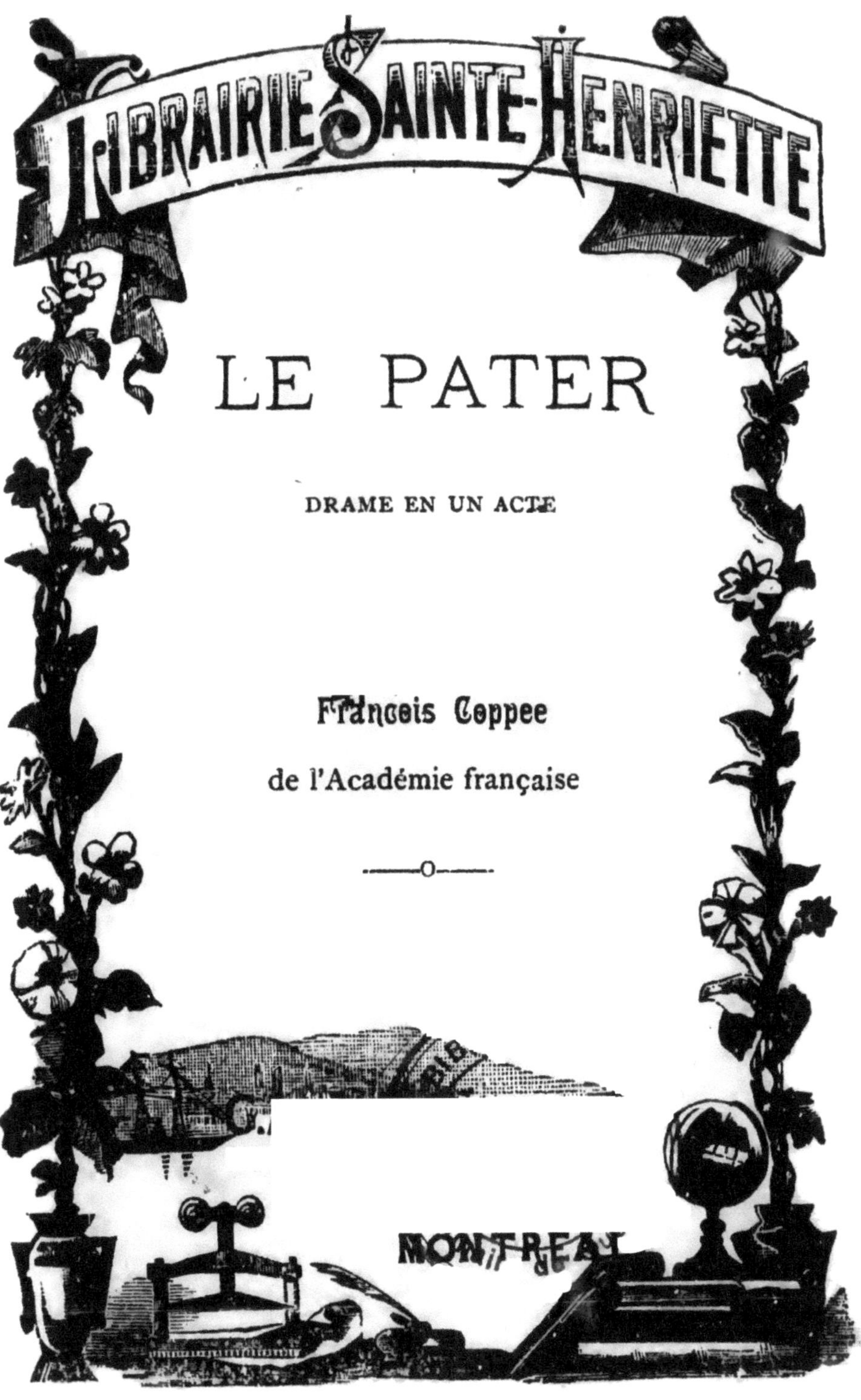

LE PATER

DRAME EN UN ACTE

François Coppée

de l'Académie française

———o———

LE PATER

DRAME EN UN ACTE, EN VERS (1)

— o —

PERSONNAGES :

MADEMOISELLE ROSE .... MADAME TESSANDIER
LE CURE........................ M. GOT
JACQUES LEROUX.............. M. LAROCHE
UN OFFICIER.................. M. LEITNER
ZELIE ....,.............. MME PAULINE GRANGER
LA VOISINE.................... MLLE HADAMAR
SOLDATS

(A Belleville, mai 1871 : Une chambre, au rez-de-chaussée, avec une porte et deux fenêtres au fond, donnant sur un petit jardin ensoleillé, plein de rosiers en fleur. Au-delà du jardin, qui est clos par un mur bas et dont la grille est ouverte, on aperçoit une ruelle de banlieue et quelques hautes cheminées d'usines, L'ameublement de la chambre est des plus simples, presque rustique. Un dressoir de campagne, une table

---

(1) Ce drame est certainement un des plus beaux écrits par François Coppée. Il est doux, simple, noble ; il est, de plus, attrayant. Comme on le sait, ce drame ne fut pas joué ; le gouvernement français en ayant interdit la représentation, au moment où les rôles avaient été distribués et étudiés. La raison probable de cet interdit est que cette pièce représente une scène de la Commune ; le gouvernement a craint une émeute. Nous donnons ci-dessus la liste des acteurs et actrices qui devaient jouer le *Pater*, à la Comédie-Française.

ronde, chaises et fauteuils de paille. A gauche, une
cheminée, surmontée d'une statue de la Vierge en plâ-
tre peint. A droite, un bureau à cylindre et une biblio-
que d'acajou, remplie de volumes brochés. Sur les mu-
railles, un grand crucifix d'ivoire et deux tableaux de
sainteté. Portes à droite et à gauche.)

SCENE PREMIERE

ZELIE, LA VOISINE

(Au lever du rideau, Zélie, vieille servante en bonnet
de paysanne, est assise sur une chaise, dans une
attitude accablée. Auprès d'elle se tient debout la
voisine, jeune femme des faubourgs de Paris, en
cheveux, portant un panier à provisions.)

LA VOISINE

Donc, c'est certain ? Ils l'ont fusillé, les bandits ?¡

(*Zélie fait un signe de tête affirmatif.*)

C'est sûr, tout à fait sûr ?

ZELIE

Puisque je vous le dis...
Rue Haxo, là, tout près, avec les autres prêtres,
Avant-hier, quand ces gueux étaient encore les maîtres
Du quartier... Un voisin l'a vu, bien vu... l'abbé,
Pour bénir, a levé la main, puis est tombé.
Sa sœur et moi, nous n'en savons pas davantage.
Mais c'est sûr. Quand ils l'ont arrêté comme otage,
Nous disions, elle et moi : Bah ! nous le reverrons.
Car il était aimé dans tous les environs.
Si bon, si charitable ! Un saint !... Ah ! les canailles !

(*On entend le bruit d'un feu de peloton.*)

LA VOISINE, *tressaillant*

Mon Dieu !

ZELIE, *se levant*

Bien ! Vengez-vous, vous les gars de Versailles !
Tuez ! massacrez tout. Ce sera pain bénit.

LA VOISINE

Mère Zélie !... Oui, c'est des gredins qu'on punit...
Il paraît cependant que c'est une tuerie,
A présent... Le ruisseau, derrière la mairie
Du vingtième, hier soir, était rouge de sang...
Ah ! cela fait frémir !... Et, plus d'un innocent...

ZELIE

Un innocent ? Qui donc l'était plus que mon maître,
Le pauvre abbé Morel ? Un cœur d'or ! Un vrai prêtre !
Et n'ayant jamais rien à lui, toujours donnant !...
Le tuer ! On est donc des tigres maintenant.
Moi, je n'y connais rien, je suis de la campagne.
Mais vos Parisiens, c'est tous des gens à bagne.
Ça n'a pas de raison plus que les animaux.
Pour la Commune, quoi ? des bêtises, des mots.
Voilà qu'on se massacre et qu'on prend des otages,
Comme chez les brigands, comme chez les sauvages,
Et qu'on tue un brave homme, un pauvre malheureux,
Qui, pour ses charités, pendant ce siège affreux,
Avait presque vendu sa dernière chemise.
Voisine, la douceur n'est vraiment plus permise.
Ce peuple d'assassins doit être châtié.
Pas de pitié pour ceux qui furent sans pitié !

LA VOISINE

Au fait. Tous ces brigands ! Ce n'est pas grand dommage.

Le pauvre cher abbé !... L'hiver du grand chômage,
Chez les plus malheureux, qui le bénissaient tous,
Il arrivait avec sa pièce de cent sous,
Tué ! Fusillé ! Mort !... L'épouvantable chose !
Mais — j'y pense — sa sœur, mademoiselle Rose,
Qui l'aimait tant ?... Non, ça doit être un désespoir !

ZELIE

Voisine, ce n'est rien de le dire, il faut voir.
D'abord elle a resté sans dire une parole.
Ça faisait peur. J'ai cru qu'elle devenait folle.
Et puis, ont éclaté des hurlements, des cris,
Des malédictions sur ces gueux de Paris !...
Et répétant toujours : " Ah ! l'horreur ! l'infamie !... "
C'est effrayant !... Enfin, elle s'est endormie
De fatigue, dans son grand fauteuil.

(Montrant la porte de gauche)

Là-dedans...
Mais tout à l'heure, en rêve, elle grinçait des dents...
Et j'attends son réveil.

LA VOISINE

La pauvre demoiselle !

ZELIE

Voilà plus de quinze ans, moi que je suis chez elle.
Les parents, des bourgeois à moitié paysans,
Etaient morts depuis peu. Le frère avait douze ans,
La sœur vingt, mais déjà c'était un cœur de mère.
L'orphelin revenait de l'école primaire
Avec la croix, toujours... Et doux, obéissant...
Aussi mademoiselle était fière en disant
Que son Jean n'était pas un enfant ordinaire.
On le mit, à la ville, au petit séminaire.

Il obtint tous les prix, fut toujours le premier.
C'est alors qu'un de leurs cousins, riche fermier,
Voulut épouser Rose. Elle était si gentille.
Mais elle avait juré qu'elle resterait fille
Et refusa, donnant son frère pour raison.
" Quand il sera curé, je tiendrai sa maison,"
Disait-elle ; et, tenant la parole donnée,
Elle a toujours vécu pour lui, la sœur aînée,
On n'avait jamais vu deux êtres s'aimer tant...
Et dire qu'il est mort, qu'ils l'ont tué, pourtant,
Que c'est vrai ! Quelle horreur, cette guerre civile !
Moi, quand ils l'ont nommé vicaire à Belleville,
Dans cet affreux faubourg de va-nu-pieds, vraiment,
J'ai murmuré, j'avais comme un pressentiment.
Mais la maîtresse alors m'a dit, presque sévère :
" Tant mieux. Mon frère aura beaucoup de bien à faire."
Elle s'est rappelé ce mot, la pauvre sœur !

(*Elle éclate en sanglots.*)

Ah ! Jésus-Maria ! Quel malheur ! Quel malheur !

LA VOISINE

Oui, pour sûr, qu'on n'a vu jamais chose pareille.
(*La voix de Mlle Rose, dans sa chambre, à gauche.*)
Zélie !

LA VOISINE

Entendez-vous ?

ZÉLIE

Voisine, elle s'éveille.
Excusez-moi, mais il vaut mieux vous en aller.
Car elle se mettrait encore à vous parler,
A gémir... Et vraiment, là, je crains la folie.

LA VOISINE

Bien, bien, je reviendrai. Bonsoir, mère Zélie.

(*La voisine sort.*)

SCENE DEUXIEME

MLLE ROSE, ZELIE

(Mlle Rose, en robe noire, entre d'un air accablé et presque en chancelant. Zélie va vers elle avec empressement et la soutient.)

ZELIE

Etes-vous un peu mieux ?

MLLE ROSE

Moi ?... Comment !... En effet,
J'ai dormi... Mais le rêve horrible que j'ai fait !...
Ces prisonniers, ce mur, tous ces fusils en joue !
On appelle cela dormir... J'ai de la boue
Dans la gorge... J'ai soif...

(*Elle s'assied. Zélie lui apporte un verre d'eau qu'elle boit avidement.*)

Plus de bruit de canon ?...
Je l'entendais en songe. On ne se bat plus ?...

ZELIE

Non.
On dit qu'on a vaincu, dans le Père-Lachaise,
Les derniers fédérés.

MLLE ROSE

Oui, c'est vrai, tout s'apaise,
La maison est en ordre. Il fait très beau. L'azur
Du mois de juin jamais n'eut un éclat plus pur.
Le jardin est charmant. Je sens l'odeur des roses.
Elles se moquent bien de nos malheurs, les choses !
Rien n'a changé. Qu'on souffre ou non, tout est pareil.
Les insensibles fleurs embaument au soleil ;
Les stupides oiseaux chantent pour se distraire...
Ça leur est bien égal qu'on ait tué mon frère !

(Avec un sanglot.)

Mon bon frère !... perdu pour jamais, pour jamais !

(A Zélie.)

Personne n'est venu pendant que je dormais ?

ZELIE

Si, Blanche, la voisine...

MLLE ROSE

Oui... Du bout de la rue...
Une pauvre famille, et souvent secourue
Par mon frère. L'aïeul à l'hospice est entré,
Et grâce à lui, toujours.

ZELIE

...Puis, monsieur le curé.

MLLE ROSE, *brusquement*

Je ne veux pas le voir !

ZELIE

Y pensez-vous, maîtresse ?

Il aimait l'abbé Jean de toute sa tendresse,
Et votre frère était son ami, son bras droit.
Vous consoler, mais c'est son devoir, c'est son droit.
Pouvez-vous recevoir de visite meilleure ?

MLLE ROSE

A-t-il dit qu'il allait revenir ?

ZELIE

Tout à l'heure.

MLLE ROSE

Soit, qu'il vienne. Il aimait mon frère. J'avais tort.
Cependant s'il voulait me parler tout d'abord
De résignation... Ah ! tant pis, je blasphème !
Mais je souffre par trop, et ce prêtre lui-même
N'osera pas, alors qu'un pareil crime a lieu,
Me vanter la justice et la bonté de Dieu !

(A Zélie.)

Tiens, laisse-moi !   *(Zélie sort)*

SCENE TROISIEME

MLLE ROSE, *seule*

Vraiment, est-ce que je vais vivre ?
Car je vis... et toujours les heures vont se suivre,
Et toujours cette vieille horloge, à petit bruit,
Comptera les instants du jour et de la nuit.
On ne meurt pas du coup d'une chose pareille !
Non, je n'en suis pas morte, et je ne suis pas vieille.
Elle est peut-être loin, cette mort que j'attends.

Je puis durer, qui sait? cinq ans, dix ans, vingt ans,
Avec cette douleur toujours vive et sanglante
Qui croîtra dans mon cœur comme une horrible plante
Et me déchirera de ses affreux rameaux.
A la campagne, on tue, au moins, les animaux,
Quand ils ne sont plus bon à rien...Mais, moi, que faire ?
Puisqu'ils ont massacré mon cher enfant, mon frère,
Je n'ai plus maintenant de raison d'exister.
Oh ! tenir un de ces bandits, le souffleter,
Lui cracher au visage et l'égorger ensuite !...
On les a vaincus, bon ; mais beaucoup sont en fuite,
Des gens vont leur donner asile, les cacher.
Et Dieu ne fera rien pour les en empêcher.
Eh bien, non, non ! C'est trop monstrueux, trop infâme !
Depuis ce meurtre affreux, je suis une autre femme.
Mes pieux sentiments d'autrefois sont éteints.
Je suis du peuple et j'ai retrouvé mes instincts.
On n'apaisera pas mon atroce souffrance
En me parlant de ciel, de pardon, d'espérance.
Depuis hier, j'ai bu mes pleurs, c'est un poison
Qui, certes, fait bien mal, mais qui rend la raison..
J'y vois clair, maintenant. Leur bon Dieu, s'il existe,
N'est rien, puisque le mal triomphe et lui résiste,
Et c'est un Dieu mauvais, ou du moins impuissant ;
Et, puisqu'il a permis la mort de l'innocent,
Puisqu'il prend le parti des démons contre l'ange
Et qu'il ne souffre pas même que je me venge,
Lui, ce bon Dieu que j'ai sottement adoré,
Je n'y crois plus... Qu'il vienne à présent, le curé.

*(Pendant qu'elle dit ces derniers mots, le curé, vieil-
lard à cheveux blancs, est entré par le fond. Il
traverse le petit jardin et s'est arrêté sur le seuil
de la porte. Mlle Rose l'aperçoit.)*

C'est lui !

SCENE QUATRIEME

MLLE ROSE, LE CURE

LE CURE, *s'avançant vers elle*

Ma pauvre enfant !

MLLE ROSE, *d'une voix entrecoupée*

Merci de la visite,
Monsieur le curé, mais, voyez-vous, tout m'agite,
M'énerve, me fait mal... Je suis au désespoir.
Nous causerons plus tard, bientôt... J'irai vous voir.
Vous l'aimiez, je sais bien... Je suis très impolie...
Mais, quand il faut parler de cela, la folie
Me prend, j'entre en fureur... Et là, vrai, j'ai besoin
Qu'on me laisse pleurer tout mon soûl, dans mon coin.

LE CURE

Si je suis indiscret, c'est bien, je me retire...
Mais je sais qu'un saint prêtre a subi le martyre,
Et je ne vous dirai qu'un mot, l'essentiel :
Femme, consolez-vous, votre frère est au ciel !

MLLE ROSE

Le ciel ! Ah ! j'attendais la banale réponse,
Le mot creux que toujours l'égoïsme prononce !
Ah ! mon frère est au ciel ! Soit ! Mais il est aussi
Rue Haxo, dans l'affreux charnier, tout près d'ici,
Sanglant, défiguré, percé de vingt blessures.
Ces atrocités-là, ce sont des choses sûres.
Je ne puis distinguer, de mon regard humain,
Mon pauvre Jean là-haut, une palme à la main.
Mais son cadavre est vrai, mais sa mort n'est pas fausse.
Ça, c'est certain, et ceux qui l'ont mis dans la fosse,

En jetant sur son corps la glaise et les cailloux,
Enterraient ma croyance au ciel, comprenez-vous ?
Le ciel ! Toujours le ciel ! Mais quand ces cannibales
Ont pris mon pauvre Jean et l'ont criblé de balles,
Il brillait, votre ciel, il était calme et bleu.
Il ne se trouble plus maintenant pour si peu,
Et c'était bon du temps de Gomorrhe et Sodome.
Le ciel ! mais voyez donc comme il est pur, brave
Et Paris brûle. et l'on s'égorge, et les pavés [homme?
De pétrole et de sang sont partout abreuvés.
Cela méritait bien qu'il s'en mêlât peut-être,
Votre ciel ! Eh bien ! moi, je le hais, sœur de prêtre !
Je le hais et je brave en face son courroux !...
J'ai dit, maudissez-moi !

LE CURE

                    Non, je pleure avec vous.
Vos blasphèmes n'ont rien qui m'indigne ou m'étonne,
JJe ne les entends pas, et Dieu vous les pardonne.
Mais, dans la sainteté qu'il vient de revêtir,
Dans sa gloire, parmi les anges, le martyr
Seul a le cœur navré par sa sœur douloureuse.

MLLE ROSE *éclatant en sanglots*

Eh ! monsieur le curé, je suis si malheureuse !...
Pardon... Je ne sais plus vraiment ce que je dis.
Oui, vous avez raison, il est en paradis ;
Mais, moi, voyons, comment voulez-vous que je vive ?
Oui, j'ai tort de toucher ma plaie et la ravive.
C'est ainsi, je sais bien, j'ai tort, je me soumets ;
Mais on ne peut comprendre à quel point je l'aimais.
J'étais plus qu'une sœur pour mon malheureux frère.
Quand il était petit, je lui tins lieu de mère,
Et plus tard, prêtre grave et plein de piété,
Il me faisait l'effet d'un père respecté.
Ce pur et grand chrétien à la foi bienfaisante,

J'aimais à le servir en fille obéissante,
Et cet homme naïf, distrait, toujours rêvant,
Je le soignais encore comme un petit enfant ;
Aussi, vous me voyez, dans l'horreur qui me mine,
Souffrir comme une mère et comme une orphelive...
Mon frère !... Assassiné par ces brigands hideux !...
C'était si bon, si doux, notre existence à deux,
Dans ce calme logis, dans cette solitude !
Le soir — ici, tenez — il avait l'habitude
De lire une heure, après notre frugal repas.
Je cousais près de lui. Nous ne parlions pas.
Mais on se comprend bien sans parler, quand on s'aime
Et, comme nous pensions, en tout, toujours de même,
Souvent il arrivait que brusquement nos voix
Rompaient, du même mot, le silence à la fois.
Pour lui, j'ai refusé mariage et famille.
Un cœur de sœur aînée, un cœur de vieille fille,
C'est un coffret d'avare, un trésor plein d'amour.
Et nous ne nous étions jamais quittés un jour.
Et quand il s'éloignait seulement pour une heure,
Ma pensée — oui, la plus aimante et la meilleure —
Je la gardais pour lui toujours, et la mettais
Dans les mailles des bas que je lui tricotais !...
C'est fini, tout cela, c'est enfoui sous terre.
Mais va, je ne suis pas ingrate, pauvre frère !
Je ne permettrai pas qu'on ose me parler
De m'essuver les yeux et de me consoler.
Mon bonheur de jadis — reçois-en l'assurance —
Je te le dois et veux le payer en souffrance.
Oui, mourir de ta mort ce sera pour ta sœur
Une cruelle joie, une amère douceur.
Je chéris mon chagrin, et j'en goûte les charmes,
Je veux sentir couler ma vie avec mes larmes,
Et, quand de la douleur m'étouffera le flot,
Rendre mon dernier souffle en un dernier sanglot.

LE CURÉ

Pleurez ! J'aime ces pleurs, ô pauvre âme brisée !

Dans votre aride et morne avenir, leur rosée
Fera fleurir un jour l'oasis, le coin vert.
Les pleurs, dans le chagrin, c'est la pluie au désert.
Oui, parlez du cher mort, aimez votre souffrance.
Mais gardez tout au moins cette triste espérance
Qu'il vous voit et qu'il sait que vous souffrez pour lui.
Ce n'est pas le curé qui vous parle aujourd'hui.
C'est l'ami, le vieillard, et je vous dis : O femme,
Autour de nous ici, je sens flotter une âme.
Votre frère vous voit, vous dis-je, il est ici.
Je l'entends murmurer : Ma pauvre sœur, merci
De m'aimer tant ! Mais plus de blasphème de rage.
Pleure—les pleurs sont doux—mais pleure avec courage
Calme-toi. Je suis là, présent pour te bénir
Et vivant dans ton cœur et dans ton souvenir.
Nous serons réunis un jour. Consens à vivre,
Je veillerai sur toi. Lis tout haut le Saint-Livre,
Et, dans les divins mots prononcés, quelquefois
Tu croiras que résonne un écho de ma voix.
Devant mon crucifix chaque jour prosternée,
Prie avec tout ton cœur, ma pauvre sœur aînée,
Et tu croiras, à moi t'unissant en esprit,
Voir mon sourire errer sur les lèvres du Christ.
Quand tu visiteras mes pauvres, si l'on presse
Ta charitable main s'ouvrant pour leur détresse,
Ma sœur, tu sentiras l'étreinte de ma main.
O chrétienne, fais donc jusqu'au bout le chemin.
Sans doute, la douleur est un fardeau terrible !
Mais je te soutiendrai, moi ton guide invisible.
Va, marche et lutte, avec ton frère pour témoin,
Et sans t'inquiéter si le moment est loin
Où l'aube de la mort à tes regards doit poindre.
Mérite, ô pauvre sœur, le ciel pour m'y rejoindre !

MLLE ROSE

Si c'était vrai pourtant ? Ah ! monsieur le curé,
Oui, si je faisais peine à mo1 frère adoré

Si j'en étais bien sûr... eh bien ! je serais forte,
Je tâcherais...

(Avec accablement.)

Hélas ! que ne suis-je donc morte !

(Nouvelle détonation au loin.)

LE CURE, à part

Dieu, l'on fusille encor !

MLLE ROSE, qui a tressailli au bruit de la fusillade

Mais, là-bas, qu'entend-on ?
Ce bruit lointain, c'est bien un feu de peloton.
Ah ! oui, je me souviens... la Commune abattue...
Ces scélérats...

(Avec un cri de triomphe.)

Enfin ! on me venge ! on les tue !

LE CURE, troublé

Ah ! c'est affreux ! Qui sait ?... Parmi ces malheureux...

MLLE ROSE

Allez-vous à présent vous attendrir sur eux,
Les plaindre ? Mais ce sont des meurtriers atroces,
Et je n'ai pas pitié, moi, des bêtes féroces.
On ne peut calculer ce qu'ils ont fait de mal,
Versé de sang... Et puis, cela m'est bien égal !
Leurs crimes, après tout, ce n'est pas mon affaire,
Je ne sais qu'une chose, ils ont tué mon frère !
Mon frère, ils ont tué mon frère, entendez-vous ?
Et c'est juste et c'est bien qu'on les fusille tous.
Ces feux de peloton pour moi sont un délice,
Une ivresse ! Et s'il faut, sur le lieu du supplice,

Quelqu'un pour exciter les soldats et charger
Les chassepots, eh bien ! qu'on vienne me chercher !

LE CURE

Une femme ! Parler ainsi !

MLLE ROSE

Tous ces infâmes !...
Mais ces gens du faubourg, oui, ces hommes, ces femmes
Ces enfants pour lesquels mon frère se privait,
Qui, malades, voulaient l'avoir à leur chevet
Et dont il a cent fois secouru l'infortune,
Ces gens-là justement étaient pour la Commune,
Prêts à tout massacrer, prêts à mettre le feu !
Et mon Jean les aimait, pauvre agneau du bon Dieu !
Il allait tous les jours visiter leurs mansardes,
Leur apportait du pain, de l'argent et des hardes,
Leur partageait le peu qu'il possédait de bien ;
Et ce sont eux qui l'ont fusillé comme un chien !
Oui, ce sont eux, vous dis-je, ou du moins leurs sembla-
Ce que mon frère a fait pour tous ces misérables, [bles.
C'est inouï... Tenez... voyez.

*(Elle ouvre brusquement une armoire et y prend une
soutane et un chapeau rond.)*

Je garde ici
Une soutane usée, un chapeau tout roussi.
J'avais dit à mon frère : " Allons, tu me fais honte.
Tes habits sont trop vieux, il faut que je remonte
Ta toilette. L'argent est là, dans mon tiroir."
Mais il me répondit : " Rose, je viens de voir
Nos voisins, les Duval. Tu sais, ils sont cinq bouches
A nourrir... Pauvres gens !... Et la femme est en couches.
Hier, pour les saisir, les huissiers sont venus.
Cela ne convient pas, quand les pauvres sont nus,
Qu'en des vêtements neufs le prêtre se pavane.

Reborde ce chapeau, recouds cette soutane.
Mes vieux habits feront encore une saison... "

(Elle jette le chapeau et la soutane sur une chaise.)

Et quatre jours après, il était en prison,
Pris comme otage, et nul n'a rien fait pour défendre
Ce bienfaiteur, pour tous si prodigue et si tendre.
Ses plus chers mendiants, ses pauvres préférés
Gagnaient leur trente sous parmi les fédérés,
Et le jour du massacre, ils étaient là peut-être...
Ah ! vous osez blâmer ma fureur ?... Assez, prêtre !
De votre douce voix quand vous me promettiez
Que l'âme de mon frère était là, vous mentiez,
Vous berciez ma douleur avec cette musique.
Mais me voici rendue à mon instinct physique
Par les coups de fusil qu'on tire sur ces gueux.
Ils ont tué mon frère ! On me venge. Tant mieux !

LE CURE

Je devrais, par respect pour l'habit que je porte,
Franchir, et pour toujours, le seuil de cette porte,
Et ne me laisser pas davantage outrager.
Mais à celle qui parle ainsi de se venger,
Mon devoir est de dire un dernier mot sévère.
Le Dieu qui pour le monde est mort sur le Calvaire,
Le Dieu dont votre frère, humble devant l'autel,
Célébrait chaque jour l'holocauste immortel,
Et qu'insulte à présent votre lâche démence,
Est un Dieu de bonté, de pardon, de clémence.
Votre frère, au moment de mourir, — je le crois,
J'en suis sûr, — ne pensait qu'à Jésus sur la croix.
Ce n'est pas près du port qu'un tel chrétien échoue,
Et, puisant dans sa foi, sous les fusils en joue,
La douceur des martyrs, la force des héros,
Il a levé la main pour bénir ses bourreaux.
Le cœur empoisonné d'une rancune amère,
Vous pouvez applaudir la justice sommaire.

Haïssez, vengez-vous ! soit, mais sachez-le bien,
Si l'abbé Jean Morel, si ce parfait chrétien,
Si votre noble frère, ô malheureuse fille !
Etait juge aujourd'hui de ces gens qu'on fusille,
Et si c'était de lui que dépendît l'arrêt,
Il aurait pitié d'eux et leur pardonnerait.
Adieu !

MLLE ROSE

Quel trouble affreux vous jetez en mon âme !
Mon frère était un saint, je ne suis qu'une femme.
C'est vrai pourtant qu'il a béni ses meurtriers.
Hélas, que devenir et que faire ?

LE CURE, *sur le seuil de la porte*

Priez !

(*Il sort.*)

———

SCENE CINQUIEME

MLLE ROSE, *seule*

Ma prière, je l'ai bien des fois commencée,
Cette nuit, et n'ai pu la finir... Ma pensée
Etait pleine de haine et de rébellion...
Prier ! Le puis-je ? Encore une fois, essayons !

(*Elle prend son chapelet et commence à réciter le* Pater
Noster : " *Notre Père qui êtes aux cieux, que
votre nom soit sanctifié, que votre règne arrive,
que votre volonté soit faite sur la terre...* ")

Ces mots m'ont déjà mis au cœur une tempête.
Puis-je dire : O mon Dieu, ta volonté soit faite ?

(Elle reprend avec effort : " Donnez-nous aujourd'hui
notre pain quotidien ; pardonnez-nous nos offenses
comme nous pardonnons à ceux... ")

Pardonner ? A qui donc ? A tous ces assassins !
J'en prends à témoins Dieu, la Vierge et tous les saints !
Je n'ai pas dit cela, je n'étais pas sincère.
Non, je mentais ; par tous les grains de ce rosaire.
Il me brûle les mains, ce chapelet damné !

(Elle le jette sur la table. Après un silence.)

Et le curé disait : mon frère eût pardonné...
Mais, moi, je ne peux pas... Oh ! la douleur me tue !
La prière ? Encore une espérauce perdue.
Je ne sais plus prier, moi, si pieuse hier,
Et je ne pourrai plus achever mon Pater.

(En ce moment, un homme nu-tête, en désordre, por-
tant une veste de fédère, à quatre galons d'ar-
gent, entre vivement au fond, par la porte du
jardin ; puis après avoir regardé dans la rue, à
droite et à gauche, comme pour s'assurer qu'on ne
l'a pas vu entrer là, il traverse rapidement le
petit jardin et s'arrête sur le seuil de la chambre.)

SCENE SIXIEME

MLLE ROSE, JACQUES LEROUX

JACQUES LEROUX, *d'une voix défaillante*

Asile !

MLLE ROSE, *avec un cri de surprise épouvantée*

Ah !

JACQUES LEROUX

Voulez-vous me cacher ? Oh ! par grâce !
J'ai pu leur échapper, ils ont perdu ma trace.
Personne ne m'a vu lorsque je suis entré.
Voulez-vous me donner asile ?

MLLE ROSE, *à part*

Un fédéré !

Ici ! chez moi !

JACQUES LEROUX

Je suis un vaincu qui se sauve !
Pitié ! Je suis traqué comme une bête fauve,
Avec ces Versaillais toujours sur mes talons.
S'ils me prennent, portant cette veste à galons,
Tout est dit. On me colle au mur, on me fusille.
Mais en fuyant, j'ai vu ce jardin, cette grille.
Je me suis jeté là. Les femmes ont bon cœur,
Et vous me cacherez, n'est-ce pas ?... Oh ! j'ai peur
Que des crimes d'hier votre esprit me soupçonne.
Je n'ai pas mis le feu, ni fusillé personne.
Donnez-moi quelque coin où je reste terré,
Pour un jour, un seul !... Oui, demain, je partirai...
Je ne suis qu'un obscur combattant, sur mon âme !
Et si vous me chassez, je suis mort !... Oh ! madame,
Un homme vous est cher, père, fils, frère, époux.
Je vous prie, oh ! les deux mains jointes, à genoux,
Sauvez le fugitif, le vaincu de la guerre,
Au nom de ce mari, de ce fils, de ce frère !

MLLE ROSE

De mon frère !... Debout ! l'homme ! Ecoute et conclus.
Un frère ? j'en avais un, mais je ne l'ai plus,
Et son nom va rejoindre à tout ton bavardage.
C'était l'abbé Morel, fusillé comme otage.

JACQUES LEROUX

Je suis perdu ! Fuyons !

MLLE ROSE, *lui barrant le passage*

      Oui, perdu, tu l'as dit.
Perdu !... Sors, si tu veux, de la maison, bandit !
Je ne te quitte pas, je te suis dans la rue,
J'appelle et je te montre à la foule accourue,
Et demi-morte, avec ton couteau dans le sein,
Je te suivrais encor, criant : " A l'assassin ! "

JACQUES LEROUX

Mais je n'en suis pas un ! J'étais aux barricades
Et je me suis battu comme les camarades.
Ces crimes, c'est affreux ! mais j'en suis innocent !
Grâce !

MLLE ROSE

      Quand tu prierais avec des pleurs de sang,
Tu perdrais ton temps, va ! Que je te laisse vivre !
Toi, l'un des meurtriers ! Je te tiens, je te livre
A la cour martiale ! Et que l'ordre soit bref !
Tu me demandes grâce ! Un commandant, un chef !
Vraiment, tu tombes mal et tu n'as pas de chance.
Mais vois donc, tout ici m'excite à la vengeance !

(*Prenant la soutane et la lui montrant.*)

Jusqu'à ce haillon, tiens, par mon frère porté,
Alors qu'il prodiguait l'or de sa charité,
A vous, les gueux, à vous assassins que vous êtes !
Te faire grâce, moi ! Tu veux rire !

JACQUES LEROUX, *se redressant*

      Eh bien ! faites.

Livrez-moi, car j'ai trop supplié. J'avais tort.
Mourons en brave ! Et vous que réjouit ma mort,
Sachez donc jusqu'où va votre bonne fortune.
Je suis Jacques Leroux, membre de la Commune.

MLLE ROSE

Vous !

JACQUES LEROUX

Je n'ai pas voté les lois de sang. Parbleu !
Je haïssais d'instinct les mangeurs de bon Dieu.
Pourtant, j'ai repoussé la loi des représailles
Et je me suis battu contre ceux de Versailles.
Voilà tout ! Mais je sais à présent ce que vaut
L'hypocrite bonté du prêtre et du dévot.
Femme sans cœur, il faut qu'au moins je vous le dise.
Ceux-là qui font semblant, d'adorer dans l'église
L'innocent mis en croix qu'ils nomment Jésus-Christ,
Ignorent le pardon et livrent un proscrit.

MLLE ROSE, *à part*

Ces paroles !... C'était presque la même chose
Que disait le curé:..

———

SCENE SEPTIEME

MLLE ROSE, JACQUES LEROUX, ZELIE

ZELIE, *entrant vivement par le fond*

Mademoiselle Rose,
Les soldats vont venir pour fouiller la maison.
(*Elle aperçoit Jacques Leroux et pousse un cri.*)

Ah !

MLLE ROSE

Laisse-nous. Va-t'en !

(*Zélie sort à gauche.*)

MLLE ROSE, *à part*

Le prêtre avait raison.
Mon frère eût pardonné. Je le sens là, dans l'âme...

JACQUES LEROUX

Il faut mourir ! Adieu, mes enfants et ma femme.
Du courage ! C'est là mon sort ! Je le subis.

(*Mlle Rose prend sur la chaise la soutane et le chapeau et les tend d'une main à Jacques Leroux,
tandis que de l'autre elle lui montre la porte à
droite.*)

MLLE ROSE

Entrez dans cette chambre et mettez ces habits.

JACQUES LEROUX, *stupéfait*

Moi !

MLLE ROSE, *avec un geste impérieux*

Faites !

(*Jacques Leroux prend les vêtements et sort à droite.*)

SCENE HUITIEME

MLLE ROSE, *seule*

Tu le veux, ô mon frère, ô saint prêtre,
O grand chrétien ! C'est l'un de tes bourreaux, peut-être ;
Mais ta sœur t'obéit et lui fait revêtir
Ta soutane, ô cher mort, ta relique, ô martyr !

———

SCENE NEUVIEME

MLLE ROSE, UN OFFICIER, SOLDATS

(*Un officier, suivi de quelques soldats, entre rapidement par le fond.*)

L'OFFICIER, *jeune, très excité, s'arrêtant sur
le seuil de la chambre*

Madame, excusez-nous. Un communard se cache
Dans cette rue. Un chef important... Et qu'on sache
Qu'il me le faut... Allons, voyons, répondez-nous !
Et si vous le cachez ici, malheur à vous !
Car, dussions-nous fouiller la maison...

MLLE ROSE

Je m'étonne
De votre erreur, monsieur. Je ne cache personne.
Regardez, s'il vous plaît, où vous êtes,

(*L'officier promène un regard circulaire sur le logis,
voit le Crucifix, la Vierge, les tableaux de sainteté et recule d'un pas, l'air un peu embarrassé.*)

Vraiment,
Si je puis vous donner quelque renseignement,

Très volontiers. Je suis sans indulgence aucune,
Croyez-le bien, pour tous ces gens de la Commune.
Si vous prenez cet homme, on vous dira merci.

*(En ce moment Jacques Leroux, en soutane, le cha-
peau romain sur la tête, paraît à la porte de
droite, aperçoit le soldat et s'arrête comme pétri-
fié. Mlle Rose le montre à l'officier.)*

J'habite seul avec mon frère que voici.

L'OFFICIER, *soulevant son képi à la vue de la soutane*

Pardon, monsieur l'abbé. Pardon. madame.

(A ses hommes)

En route !

(Il sort avec les soldats.)

————

SCENE DIXIEME

MLLE ROSE, JACQUES LEROUX

JACQUES LEROUX, *tendant les mains à Mlle Rose et
d'une voix basse et confuse*

Je me rappellerai toute ma vie, oui, toute...

MLLE ROSE

Ah ! pas un mot. Avec l'habit que vous portez,
Vous êtes sauf. Partez tout de suite ! Partez !

*(Jacques Leroux, suivi par le geste de commandement
de Mlle Rose, se dirige lentement vers la porte
du fond et sort.)*

SCENE ONZIEME

MLLE ROSE, *seule, prenant son chapelet qu'elle a jeté sur la table* .

Je suis ta pauvre sœur et ton humble héritière,
Mort bien-aimé ! Bénis la fin de ma prière !

(*Elle se met à genonx et reprend son* Pater *inachevé :
"Pardonnez-nons nos offenses comme nous pardonnons à ceux qui nous ont offensés. Ne nous
induisez pas dans la tentation et délivrez-nous
du mal. Ainsi soit-il."*)

LA TOILE TOMBE

Typ. W. Boucher, n. 320, rue Amherst

Ami des salons, par Mlle L. Nitouche : Questions et réponses — Langages du mouchoir, des pepins de pomme, des pepins d'orange, des gants, de l'éventail, du front, des plantes et des fleurs— Horloge de Flore—Calendrier de Flore—Doigts et pouces — Pourquoi elles nous aiment — Les vieilles filles—Aux nouveaux époux—Les baisers —Les commandsments de la table — Décalogue d'un étudiant—A propos de politesse—Emblêmes des couleurs — Couleurs des mois de l'année — Couleurs des saisons — Poésies amoureuses — Amusements des salons—Voulez-vous rire ?...... 10

Loisirs d'un homme du peuple, par G.-A. Dumont : Le solitaire (légende)—Milton—Commerce et colonisation — Notes sur l'Irlande — Mon premier filleul—Un souvenir de promenade—La peine de mort — Le Canada et le Brésil — Au " Trait d'union "—Simple étude—L'électricité— Victor Hugo. Précédé d'une préface de Berton-Joly.. 50

La Famille et ses traditions, par L.-A. Brunet. 50

Le Magasin des enfants, par Mme de Beaumont. 75

Des Delassements permis aux personnes pieuses appelées à vivre dans le monde, par le P. Huguet 50

Biographie nouvelle de Mgr de Segur, suivie de la biographie de la Ctesse de Ségur, sa mère, par le marquis de Ségur 25

Madagascar, par H. Castonnet des Fosses 25

Mes Tiroirs, par Raoul Frary...................... 50

Les Contes de ma Mere l'Oye avant Perrault, par Charles Deulin................................ 50

Chateau de Coetlec, par Mlle Glle d'Ethampes. 75

Ambition de Tracy, par le Vte de Maricourt...... 25

Marie Brignon, par C. Guenot...................... 25

Hurons et Iroquois, le P. Jean de Brébeuf, sa vie, ses travaux, son martyre, par le R. P. Martin... 55

Ce que disent les clamps, par Mme la baronne de Mackau.................................... 20

Marie-Sainte Fregonnec, par Mme de Ville-Tual : o

La Grande comete, par A. M...................... 10

Mgr Jos.-Oct. Plessis, par L.-O. David............ 20

L'Océan aérien, études météorologiques, par Gaston Tissandier. Orné d'un grand nombre de gravures. Rel. riche, tranche dorée.................. 3.25

Les Récréations scientifiques, ou l'enseignement par les yeux, par Gaston Tissandier ; la physique sans appareils, la chimie sans laboratoire, la maison d'un amateur de sciences, la science appliquée à l'économie domestique, etc. Couronné par l'Académie française. 4 planches en couleur et 218 gravures. Rel. riche, tranche dorée.......... 3.25

Lectures sur la physique et la chimie, mises à la portée de tout le monde, par A. Bleunard ; introduction de Gaston Tissandier. 233 gravures. Rel. riche, tranche dorée.......................... 5.00

La Vie au fond des mers, les explorations sous-marines et les voyages du " Travailleur " et du " Talisman," par H. Filhol. Avec 96 figures dans le texte et 8 hors texte dont 4 en couleurs. Rel. riche, tranche dorée.......................... 3.25

Zoologie, anatomie et physiologie animales, par Paul Maisonneuve. Illustré.................. 1.50

Traité de retrait successoral, par M. X. Benoît... 1.25

Histoire populaire du Canada, d'après les documents français et américains, par Jacques de Baudonçourt.......................... 1.25

Traité de climatologie générale du globe, études médicales sur tous les climats, par Dr Armand. 3.50

Poils et ongles, leurs organes producteurs, pas S. Arloing. Illustré.............................. 90

Dictionnaire des aliments et des boissons, en usage dans les divers climats et chez les différents peuple, par A.-F. Aulagnier.................. 2.50

La Russie juive, par Kalixt de Wolski............ 50

Les Perce-neige, par Xavier Marmier.............. 50

Les Borotin, roman par Mme Engénie Niboyet.... 50

Vieille histoire, par Georges Duval.............. 50

L'Algérie juive, par Georges Meynié.............. 50

La Russie au soleil, par Marius Vachon.......... 50

Les Grands Bazars, par Pierre Giffard............ 50

Madame des Grieux, par Léonce Dupont.......... 50

Philippe-N. Pacaud, par L.-H. Fréchette.......... 10

Poèmes de l'Inde.................................. 5

Déception, par A. Devoille........................ 50